JACQUES CARLES

LA

BICYCLETTE

ET LES

TRIBUNAUX

MOISSAC

Imprimerie Nouvelle J. FAURE, rue Maraveille, 15

1ᵉʳ Mars 1897

Déposé par l'imprimeur
soussigné

Moissac, mars 1897

DU MÊME AUTEUR

Rédaction des Usages locaux du canton de Moissac.

Vente et Echange d'animaux domestiques ; Vices rédhi-
bitoires ; Epizooties ; Tuberculose bovine.   o fr. 8o

LA

BICYCLETTE

ET LES

TRIBUNAUX

PAR

Jacques CARLES

JUGE DE PAIX A MOISSAC (Tarn-et-Garonne)

LICENCIÉ EN DROIT

MOISSAC

Imprimerie Nouvelle J. FAURÉ, rue Maraveille, 15

LE

CYCLISME ET LE DROIT

L E Cyclisme est profondément entré
dans nos mœurs. Les jeunes gens,
les oisifs, les éclaireurs militaires, les
employés des Postes, des Contributions
indirectes, etc., ont appris à user de la
pédale ; toutes les classes, tous les âges,
tous les services sont devenus tributai-
res du Vélo ; l'usage s'en est étendu
avec une extraordinaire rapidité. Il ne
peut que s'étendre davantage !

Il est fatal, en présence d'une telle
extension, que l'usage des machines
vélocipédiques devait produire des con-
flits entre les citoyens, donner lieu à des

accidents, à des infractions aux lois et règlements, engendrer des procès de toute nature et conduire la *Fée d'acier* jusqu'à la barre des tribunaux.

Nous allons examiner quels sont les cas les plus fréquents qui ont donné et qui peuvent donner matière à des litiges d'après les principes et les règles tant du droit pénal que du droit civil, commercial et administratif, et rapporter, autant que possible, les diverses décisions judiciaires qui ont déjà été rendues sur cette matière.

LA BICYCLETTE

EST-ELLE UNE VOITURE ?

L A Cour de Cassation, par un arrêt du
1ᵉʳ juin 1894, posa une sorte d'axiome en
ces termes : « Une bicyclette simple n'est pas
une voiture. »

Cette doctrine n'arrêta pas les controverses
auxquelles une loi seule aurait pu mettre un
terme. Un projet de loi fut mis à l'étude à ce
sujet pour fixer la situation légale du vélocipède. Mais, comme l'a dit avec esprit l'émi-
nent directeur de la *Revue des Justices de
Paix* (numéro de mai 1896), « la machine
législative ne fonctionne chez nous qu'avec
une lenteur souvent excessive et le vélocipède
ne pouvait attendre ! »

Le Ministre de l'Intérieur invita MM. les
Préfets à prendre un arrêté conforme à un
modèle dressé sur l'avis d'une commission
spéciale et applicable à tous les départe-
ments.

Cet arrêté général est un véritable règlement sur la police du roulage du vélocipède,
ayant sur un certain nombre de points une

grande similitude avec la police du roulage des voitures des particuliers.

Il a été pris à la date du 29 février 1896 et il est ainsi conçu :

Règlementation
de la Circulation des Vélocipèdes
sur la Voie Publique

Article 1ᵉʳ. — La circulation des vélocipèdes sur toutes les voies publiques nationales, départementales et communales, est soumise aux règles ci-après énumérées.

Art. 2. — Tout vélocipède doit être muni d'un appareil sonore avertisseur dont le son puisse être entendu à 50 mètres.

Dès la chute du jour, il doit être pourvu, à l'avant, d'une lanterne allumée.

Art. 3. — Tout vélocipède doit porter une plaque indiquant le nom et le domicile du propriétaire, ainsi qu'un numéro d'ordre, si le propriétaire est loueur de vélocipèdes.

Art. 4. — Les vélocipédistes doivent prendre une allure modérée dans la traversée des agglomérations, ainsi qu'aux croisements et aux tournants des voies publiques.

Ils ne peuvent former de groupes dans les rues.

Il leur est défendu de couper les cortèges et les troupes en marche.

En cas d'embarras, les bicyclistes sont tenus de mettre pied à terre et de conduire leurs machines à la main.

ART. 5. — Les vélocipédistes doivent prendre leur droite lorsqu'ils croisent des voitures, des chevaux ou des vélocipèdes, et prendre leur gauche lorsqu'ils veulent les dépasser. Dans ce dernier cas, ils sont tenus d'avertir le conducteur ou le cavalier au moyen de leur appareil sonore et de modérer leur allure.

Les conducteurs de voitures et les cavaliers devront se ranger à leur droite à l'approche d'un vélocipède, de manière à lui laisser libre un espace utilisable d'au moins 1 m. 50 de largeur.

Les vélocipédistes sont tenus de s'arrêter lorsque, à leur approche, un cheval manifeste des signes de frayeur.

ART. 6. — La circulation des vélocipèdes est interdite sur les trottoirs et contre-allées affectées aux piétons.

Cette interdiction ne s'étend pas aux machines conduites à la main.

Toutefois, en dehors les villes et agglomérations, la circulation des vélocipèdes pourra s'exercer sur les trottoirs et contre-allées affectées aux piétons le long des routes et chemins pavés ou en état de réfection.

Sur tous les trottoirs et contre-allées affectées aux piétons où la circulation des vélocipèdes est autorisée, ceux-ci sont tenus de prendre une allure modérée à la rencontre des piétons et de réduire leur vitesse à celle d'un homme au pas, au droit des habitations isolées.

Art. 7. — La circulation des vélocipèdes peut être interdite par des arrêtés municipaux, temporairement ou d'une façon permanente, sur tout ou partie d'une voie publique.

A chacune des extrémités des espaces interdits, des écriteaux placés et entretenus par la commune donnent avis de l'interdiction.

Art. 8. — Sont rapportés tous arrêtés préfectoraux ou municipaux pris antérieurement pour règlementer la circulation des vélocipèdes dans les diverses communes du département.

Art. 9. — Les contraventions au présent arrêté seront constatées par des procès-verbaux et déférées aux tribunaux compétents.

Art. 10. — Les sous-préfets, maires, officiers de gendarmerie, ingénieurs et agents des ponts et chaussées, les agents voyers, les commissaires de police, les gardes champêtres et tous officiers de police judiciaire sont chargés de veiller à l'exécution du présent arrêté, qui sera inséré au *Recueil des Actes*

Administratifs, affiché et publié dans toutes les communes, etc..., etc...

Les infractions aux dispositions contenues dans ce règlement administratif sont punies des pénalités prévues par l'article 471 du Code pénal. D'où il suit, en conformité du principe qu'en droit pénal tout est de droit étroit, qu'il n'est pas possible d'étendre, par analogie, les dispositions de ce règlement, qu'elles doivent être entendues et appliquées d'après la lettre.

COMMENTAIRES DE L'ARRÊTÉ

APPAREIL SONORE
AVERTISSEUR

D'APRÈS ce qui précède, il faut que le vélocipède soit muni d'un appareil sonore avertisseur. Il ne suffirait pas que le vélocipédiste tienne à la main cet avertisseur. La Cour de Cassation l'a décidé, le 13 mars 1896, pour un vélocipédiste qui tenait à la main un grelot qu'il n'avait pas attaché à la machine.

Il faut que le son de l'avertisseur puisse être entendu à 50 mètres. Le Tribunal de Grenoble a jugé, le 18 juin 1896, que *le grelot n'est pas un avertisseur suffisant,* puisqu'il ne peut pas être entendu à 50 mètres.

Enfin, il ressort du texte de l'article 5 que l'appareil avertisseur ne doit pas être tel qu'il sonne tout le temps.

Au reste, l'appareil sonore devant être entendu à 50 mètres, s'il devait sonner constamment serait de nature à ameuter les chiens, à déranger les citoyens et à nuire à la sûreté publique plutôt qu'à lui être utile.

LANTERNE ALLUMÉE

LE vélocipède doit être pourvu, à l'avant, d'une lanterne allumée. Il ne suffirait pas que le conducteur de la machine tienne à la main une lanterne allumée : il y aurait là matière à contravention. Cela a été décidé pour le conducteur d'une voiture, et les mêmes dispositions paraissent déterminantes pour le vélocipédiste.

Par lanterne, il faut entendre tout appareil d'éclairage de nature à être vu, la nuit, à une certaine distance (même la lanterne vénitienne).

Il paraît évident que l'article ne vise que la machine montée et non la machine conduite à la main.

PLAQUE

TOUT vélocipède doit porter une plaque indiquant le nom et le domicile du propriétaire.

En matière de police du roulage des voitures, la Cour de Cassation a décidé, le 8 novembre 1895, que le fait par un individu de faire circuler sur la voie publique une voiture avec une plaque portant un nom autre que le sien doit être assimilé au fait d'avoir fait circuler cette voiture sans plaque et constituait une contravention.

Il nous semble qu'il y aura lieu à décider pareillement pour le vélocipède en semblable circonstance.

ALLURE MODÉRÉE

IL faut que le cycliste puisse arrêter sa machine dans l'espace de quatre à cinq mètres ; qu'il marche, par exemple, dans le cas de l'article 4, à une vitesse de dix kilomètres à l'heure en ligne droite et de huit kilomètres dans les tournants ou les carrefours.

AGGLOMÉRATIONS

CE mot doit s'entendre de toute réunion continue de maisons bordant la voie suivie par le cycliste et prenant l'aspect d'une rue.

RENCONTRE DE VOITURES
CAVALIERS — VÉLOCIPÈDES
ESPACE LIBRE

L'ARTICLE 5 n'oblige les cyclistes qu'au regard des voitures, cavaliers, vélocipèdes ; il ne s'étend pas à la rencontre des particuliers ou piétons circulant sur la voie publique.

Le minimum de 1 m. 50 d'espace libre utilisable, dont parle l'article 5, doit être mesuré du bord intérieur du fossé au moyeu de la roue de la voiture, et, si elle est chargée, à l'aplomb du chargement de la voiture.

PROMENADES — PARCS

SQUARES

L'ARRÊTÉ du 29 février 1896 ne concerne que la circulation vélocipédique sur la voie publique ; il est un véritable règlement de police du roulage des vélocipèdes. C'est pourquoi nous estimons qu'il faut ne comprendre dans la dénomination de voie publique, en l'espèce, que la voie qui dépend du service de la voirie : routes, chemins, rues, places, passages ; qu'il faut donc en exclure les promenades, squares, dont l'usage ne sert qu'à l'agrément des piétons, au sujet desquels il appartient à l'autorité municipale de règlementer spécialement la circulation vélocipédique.

PÉNALITÉS

LES contraventions à l'arrêté sont punies des peines de l'article 471 et de l'article 474 du Code pénal : 1 à 5 francs d'amende ; 1 à 3 jours de prison pour récidive dans les douze mois ; circonstances atténuantes admises. Elles peuvent donner lieu, civilement, à des condamnations en dommages-intérêts au profit des personnes lésées.

CIRCULATION SUR CHEMINS
DE HALAGE

LA jurisprudence de la Cour de Cassation, d'après laquelle la bicyclette n'est pas une voiture, permettra la circulation du vélocipède sur les chemins de halage à propos desquels il existera un arrêté portant défense d'y circuler avec des voitures et n'excluant pas spécialement le vélocipède.

Mais il paraît évident que les règles de police du 29 février 1896 seront imposées au cycliste circulant sur ces chemins, dans ses rapports avec 'es chevaux et les vélocipèdes qu'il rencontrera et au sujet de toutes les mesures de précaution qu'édicte l'arrêté général.

CIRCULATION
SUR UN PONT A PÉAGE
BACS ET BATEAUX

POUR la même raison, le tarif de péage *ne prévoyant pas spécialement le passage d'un vélocipède* sur un pont à péage et le vélocipède n'étant pas une voiture, il n'y aura pas lieu à augmenter le péage d'un piéton qui va à bicyclette. L'adjudicataire n'a le droit ni de modifier le tarif, ni de suppléer aux omissions qu'il renferme ; bien plus, en exigeant du cycliste, dans de telles circonstances, un tarif non ainsi prévu, l'adjudicataire sera en contravention à la loi du 6 frimaire an VII et, comme tel, pourra être passible des peines de police.

C'est ainsi que l'a décidé la chambre criminelle de la Cour de Cassation le 6 septembre 1894. En matière d'impôt, comme en matière pénale, tout est de droit strict et il n'est pas permis de statuer par analogie lorsqu'un texte précis et certain fait défaut.

Il en sera de même au sujet du tarif afférent aux passagers par bacs et bateaux.

STATIONNEMENT D'UN VÉLOCIPÈDE SUR LA VOIE PUBLIQUE

IL est d'usage reconnu et admis par tout le monde qu'il est licite au cycliste de placer momentanément sa machine le long d'un trottoir, à moins qu'un arrêté municipal ne l'ait expressément défendu. Et de ce que le vélocipède n'est pas une voiture, il résulte que l'arrêté municipal ou le Code pénal, qui prohibent le stationnement des *voitures* sans nécessité pour éviter les accidents occasionnés par les chevaux et les voitures, ne sont pas applicables au vélocipède.

Le cas a déjà donné lieu à une décision favorable au cycliste.

Cependant il y aurait imprudence et, par suite, faute de la part du cycliste qui laisserait sa machine sur le bord de la voie publique dans un endroit passager et étroit ; l'accident qui surviendrait dans ces conditions devrait être attribué à un manque de soin de sa part. (Justices de paix de Dijon, 2 novembre 1895, et de Bourg-sur-Gironde, 15 novembre 1895.)

CHIENS POURSUIVANT
UN VÉLOCIPÈDE

LES chiens ont une horreur instinctive pour le vélocipède. Ils sont de véritables tourments pour les cyclistes, qu'ils importunent, qu'ils effrayent, auxquels ils créent parfois un vrai danger et qui sont tentés le plus souvent de les mettre à mort. Que les cyclistes n'oublient pas qu'il a été souverainement décidé que le chien est un animal domestique et que nul n'a le droit de le tuer, hors le cas de nécessité démontrée et de légitime défense. Le détruire, en dehors de pareils cas, c'est commettre une contravention de police et s'exposer à une action civile en dommages-intérêts.

Être *importuné* par un chien ne suffit pas pour donner au cycliste le droit de le tuer. Cependant si le chien *attaque* réellement le passant et lui fait courir un danger grave et sérieux, l'animal est alors, en droit, réputé *malfaisant*, et le passant est autorisé à se défendre contre lui par tous les moyens.

Il a été jugé que celui qui tue un chien
pour défendre sa personne ou pour éviter un
accident, ou pour défendre son propre chien,
ne peut être ni pénalement ni civilement
responsable de la mort de cet animal. (Tribunal de paix de Dourdan, 31 octobre 1885 ;
Cassation, 9 janvier 1886.)

Au reste, le propriétaire du chien qui
l'aura excité ou qui ne l'aura pas retenu est
en contravention de po'ice ; il est en fau e, et
s'il fait un procès au cycliste qui aura blessé
ou tué son chien sans droit, le cycliste pourra
utilement établir la faute du maître du chien ;
il y aura faute commune et partage des responsabilités.

CHUTE D'UN CYCLISTE
OCCASIONNÉE PAR LA MALICE
D'AUTRUI

CELUI qui par mali e aura occasionné la
chute d'un veloceman et lui aura causé
un dommage sera tenu à réparer civilement

le dommage ainsi causé. Le Tribunal cor-
rectionnel de Saint-Etienne a même, le
23 juin 1893, *réprimé* le fait d'avoir provoqué
la chute d'un bicycliste en le heurtant vio-
lemment et de lui avoir occasionné des
blessures.

VENTE

VICE CACHÉ — RÉSILIATION
DE LA VENTE

LE droit commun est applicable à la vente d'un vélocipède. Il a été jugé par la Cour de Bourges, le 23 juin 1893, que l'acheteur d'une bicyclette est fondé à demander la résiliation de la vente pour vice caché de la chose vendue, lorsque sa machine s'est brisée à la suite d'un accident dû à l'ignorance dans laquelle le vendeur ou son représentant l'avaient laissé sur la manière dont il devait se servir d'une pièce dont rien, extérieurement, ne révélait la délicatesse. Le 30 janvier 1895 la Cour de Cassation a rejeté le pourvoi formé contre cet arrêt.

FEMME MARIÉE — NULLITÉ
DE LA VENTE

IL a été jugé le 28 août 1896, par le juge de paix de Sceaux (Seine), que l'achat d'une bicyclette, fût-ce pour un enfant commun, ne saurait être considéré comme une dépense de ménage permise à la femme en vertu d'un mandat tacite qu'elle est censée avoir reçu de son mari, en tant que chargée de l'administration domestique. En conséquence pareille convention est nulle, si elle a été consentie par la femme sans l'autorisation de son mari.

La femme n'est réputée, en effet, mandataire de son mari que pour les dépenses nécessaires au ménage commun. Elle n'est plus son mandataire tacite pour les dépenses voluptuaires, et, dans ce cas, elle n'oblige ni le mari, ni la communauté ; elle ne s'oblige même pas personnellement puisqu'elle n'a pas reçu l'autorisation maritale. (Jurisprudence constante.)

MINEUR

NULLITÉ DE LA VENTE

EN principe, la vente d'une bicyclette à un mineur sans le consentement de son représentant légal, ni la ratification de la vente par celui-ci d'une manière expresse ou tacite, sera nulle. Il est, en effet, de principe que celui qui suit la foi d'un incapable, qui contracte avec lui, le fait à ses risques et périls, sans recours, et qu'il doit supporter les conséquences de son imprudence. Quelle que soit la nature du contrat, il y a incapacité pour le mineur de contracter. (Articles 1108, 1124 du Code civil.)

Or, la dépense pour l'achat d'une bicyclette n'est pas une dépense indispensable que le père soit obligé de faire pour l'entretien de son enfant ; le père ne peut pas être réputé l'avoir tacitement autorisée et ne peut pas en être tenu comme responsable s'il n'a pas expressément autorisé son achat ou s'il ne l'a pas ratifié.

VENTE A CRÉDIT
PAIEMENTS HEBDOMADAIRES

SOUS le titre de location, il arrive que des marchands font payer une machine à tant la semaine, laissant la machine au bout d'un certain temps de versements équivalant à son prix. Si ces versements sont interrompus, il arrive que le marchand réclame la restitution de la machine en invoquant les principes du louage de meubles. En réalité, le contrat ainsi intervenu entre le marchand et celui qui a pris la machine est un contrat de *vente à crédit* qui a eu pour but de *transférer la propriété* à ce dernier. Et si, n'exécutant pas ses obligations, il est assigné par le marchand en restitution de la machine avec dommages-intérêts, le tribunal ne devra pas, en de telles conditions, ordonner *hic et nunc* cette restitution au vendeur, comme on pourrait le faire vis-à-vis d'un bailleur. Il appartenait au vendeur d'exercer contre l'acheteur les actions dérivant du contrat de vente et du fait de l'inexécution des obligations de ce contrat par l'acheteur, suivant les articles 1654, 1183 et 1184 du Code civil.

VENTE A UN COMMERÇANT

COMPÉTENCE

UN commerçant qui se sert de son vélo dans la surveillance et la gestion de ses affaires commerciales doit être réputé se livrer à l'exercice vélocipédique dans l'intérêt de son commerce. D'où il suit que c'est le Tribunal de commerce qui sera compétent pour connaître de l'action que lui intenterait un marchand de vélocipèdes en paiement d'une machine vendue. *(Contrà :* Tribunal civil d'Anvers (Belgique), mai 1896.)

LOUAGE

LES principes exposés pour la vente sont applicables en matière de louage du vélocipède à un incapable. Il a été jugé spécialement que lorsqu'un mineur, ayant loué un vélocipède pour une promenade, ne le restitue pas au loueur, celui-ci n'a pas d'action en paiément de la valeur dudit vélocipède contre les parents, s'il est constant qu'il n'a pas pris soin d'inviter le mineur à justifier, lors de son entrée en relations avec lui, de l'autorisation de ses parents; qu'il n'a rien fait pour s'enquérir des noms et adresses de ceux-ci et qu'il n'a pris aucun renseignement. (Tribunal civil de la Seine, 6 février 1894.)

VICE DE LA CHOSE LOUÉE

UN loueur de vélocipèdes n'est responsable que des dommages survenus par sa faute, sa négligence ou son imprudence.

Il ne répond pas des cas fortuits et, notamment, d'une rupture de la chaîne qui a pu se produire en cours de route, alors qu'il n'est pas établi que la machine eût, en sortant de chez le loueur, un vice quelconque apparent ou caché.

PRÊT A USAGE

LES règles du Code civil relatives au prêt à usage sont applicables au vélocipède. Il a été décidé que l'emprunteur d'une bicyclette qui s'est détériorée pendant qu'il en faisait usage n'était pas responsable de cette détérioration provenant de défauts que la bicyclette avait au moment du prêt et que le prêteur connaissait et dont il n'a pas averti l'emprunteur. (Articles 1884 et 1891 du Code civil.)

DÉPOT

AUBERGISTES — HOTELIERS

L'ARTICLE 1952 du Code civil dit que les aubergistes ou hôteliers sont responsables comme dépositaires des effets apportés par le voyageur qui loge chez eux. C'est le dépôt nécessaire qui peut être prouvé par témoins, quelle que soit la valeur de l'objet. Le vélocipède est essentiellement compris dans la catégorie des effets ci-dessus.

CAFÉ-RESTAURANT
ÉTABLISSEMENT DE BAINS

EN est-il de même en ce qui concerne un propriétaire d'un café-restaurant ? La question est controversée en doctrine et en jurisprudence. En principe, il est constant que les dispositions de l'article 1952 du Code

civil sont exceptionnelles et qu'elles consti-
tuent une dérogation au droit commun.

A signaler la décision suivante du juge de
paix de Charenton (Seine) : Le propriétaire
d'un café-restaurant-casino est responsable
des dépôts de vélocipèdes effectués dans son
établissement entre les mains d'un employé
chargé spécialement de ce service, lequel
reçoit, étiquette et remise les instruments
sous un hangar appartenant au patron, alors
même que cet employé ne coucherait pas et
ne mangerait pas dans la maison, qu'il ne
serait pas salarié directement par le patron
et qu'il ne serait payé que par les déposants.
Ce dépôt doit être considéré comme un
dépôt nécessaire, le restaurateur logeant
aussi dans son établissement des voyageurs.

L'aubergiste chez lequel le voyageur ne
fait que prendre, en passant, une consom-
mation ne tombe pas sous l'application de
l'article 1952 du Code civil. (Juge de paix de
Creil, 28 septembre 1888.)

GARE — BICYCLETTE CONFIÉE
A UN EMPLOYÉ

UNE Compagnie de chemins de fer est
responsable de tous les colis, y compris
une bicyclette, à partir du moment où elle a
été confiée à l'employé chargé de l'enregistrement, même pendant le temps où son
propriétaire se procure au guichet le billet
de place nécessaire à la formalité de l'enregistrement. Il s'agit, dans ce cas, d'un *dépôt
nécessaire. (Gazette du Palais,* 1896, vol. 2,
page 155.)

REMISAGE D'UN VÉLOCIPÈDE
VOL

UN vélocipède a été remisé dans une
maison. Des voleurs y pénètrent et le
volent. Le propriétaire est-il responsable ?
Oui, s'il a été payé pour remiser la machine.
Non, s'il n'a que toléré le remisage. Mais
ici il ne sera plus question d'un dépôt néces-

saire. Il y a eu un *dépôt volontaire* qui doit
être prouvé par écrit et dont la preuve par
témoins n'est pas admise pour valeur excé-
dant 150 francs. (Article 1923 du Code civil.)

DÉPOT DE VÊTEMENTS
CHEZ UN LOUEUR

LES vêtements qu'un cycliste, pour alléger
sa marche, laisse chez un loueur de machines doivent être considérés comme un
dépôt et non comme un gage. Et si, à la suite
d'un accident survenu à la machine, le loueur
prétend retenir ces effets comme paiement
ou compensation, le cycliste aura le droit de
les réclamer en nature, avec des dommages-
intérêts, suivant le cas. (Article 1932 du
Code civil ; juge de paix de Sceaux (Seine),
8 juin 1894.)

GAGE

---*---

HOTELIERS — AUBERGISTES
LOGEURS

IL nous paraît évident qu'il faut comprendre le vélocipède parmi les objets abandonnés ou laissés en gage par les voyageurs aux aubergistes et hôteliers ou logeurs, dont la loi du 31 mars 1896 règlemente la vente.

D'après cette loi, les effets du voyageur peuvent être mis en vente pour les dettes ou dépenses d'hôtellerie.

Par voyageur, il faut entendre toutes les personnes qui, moyennant rétribution, reçoivent le logement dans l'hôtellerie, l'auberge ou la maison garnie, sans qu'il y ait lieu de distinguer entre les personnes qui ne font que passer dans la localité et celles qui y résident définitivement. Et le caractère d'hôtellerie, d'auberge ou de maison garnie n'appartient qu'aux établissements qui, moyennant une rétribution, fournissent à toute

personne qui se présente le logement garni
de meubles sous la garde, l'entretien, la
surveillance et la clef du gérant de l'établissement. (Louis Pabon, juge de paix à Paris.
Commentaire de la loi du 31 mai 1896.)

TRANSPORTS

VOITURIERS — CHEMINS DE FER — RETARD D'EFFETS ACCOM-PAGNANT LES VOYAGEURS — BICYCLETTE.

PAR retard d'effets accompagnant les voya-geurs, il faut entendre non seulement les linges et hardes des voyageurs, mais toutes les marchandises qu'ils transportent avec eux et même les voitures, chevaux, *bicy-clettes*. Le juge de paix est compétent pour connaître de pareils litiges, d'après l'art. 2 de la loi du 25 mai 1838. (Juge de paix de Long-jumeau (Seine-et-Oise), 30 octobre 1895.)

CHEMINS DE FER — TRANSPORT DE BAGAGES — LA BICY-CLETTE EST UN BAGAGE — TARIF — AVARIES — RESPON-SABILITÉ.

LA mention « sans garantie pour défaut d'emballage », inscrite sur le bulletin d'un voyageur, ne peut exonérer les Compa-

gnies de chemins de fer des avaries surve-
nues à une bicyclette. (Tribunal de commerce
de Dijon, 4 décembre 1894 ; Tribunal de
commerce de Bernay, 22 novembre 1895;
Tribunal de commerce de Bergerac, 25 novembre 1895 ; *Gazette du Palais*, 3 janvier
1896 ; juge de paix de Valence (Drôme),
26 novembre 1895 ; *contrà :* Tribunal civil
de Figeac, Tribunal civil de Laon, 3 décembre 1896).

Malgré cette divergence dans les décisions
qui précèdent, la question a reçu définitivement une solution depuis peu de temps.

Sur l'avis conforme du Comité consultatif
des chemins de fer, M. le Ministre des
travaux publics a invité les Compagnies à
supprimer toute mention particulière sur les
bulletins d'enregistrement des bicyclettes
voyageant comme bagages.

Il est constant désormais que la bicyclette
doit être considérée et traitée comme tout
autre bagage.

Des modifications ont été apportées aux
tarifs des chemins de fer. D'après ces modifications, la bicyclette paiera, *aux bagages,*
dix centimes jusqu'à 30 kilog. Au-dessus de
30 kilog., elle paiera un supplément *au prix
des tarifs en général.*

Si la machine est avariée ou mal entretenue, la gare pourra faire apposer sur le bulletin-bagages la mention « colis avarié » ou « colis incomplet ». Mais l'expéditeur aura toujours le droit de faire spécifier sur ce bulletin en quoi consistent les avaries ou les manquants.

Le tarif est aussi modifié pour les envois en *grande vitesse* et en *petite vitesse*.

En grande vitesse, prix du tarif spécial G. V., 16, avec stipulation de la clause de non-garantie, obligeant l'expéditeur à faire la preuve du manquant ou de l'avarie pour l'obtention de dommages-intérêts.

Retour gratuit des emballages, sur production du récépissé d'expédition, dans les *deux mois* de sa date.

Emploi des trains, dits de messageries, pour les transports.

Le tarif spécial ne sera appliqué que si les expéditeurs en font la demande formelle sur la feuille d'expédition. L'expression « le plus réduit » après les mots « tarif demandé » ne saurait suffire.

En petite vitesse, le tarif spécial P. V., 24, applicable avec la clause de non-garantie, comme en grande vitesse.

Retour des emballages vides, sur production du récépissé d'expédition, dans les *trois mois* de sa date.

Pièces détachées. — Les pièces détachées destinées à la construction des vélocipèdes bénéficient du tarif spécial 14 (produits
métallurgiques).

TAXE SUR LES VÉLOCIPÈDES

LA taxe unique de 10 francs est-elle ration-
nelle ? Non, assurément. Il est certain
que tous les cyclistes n'usent pas du vélocipède dans les mêmes conditions et pour le
même but.

Il nous semble que, comme pour l'impôt
sur les chiens, l'impôt sur les vélocipèdes
devrait être ramené à des taux correspon-
dant à l'usage bien établi auquel les destinent
leur propriétaire ; par exemple : catégorie
des machines de travail ou de service ; catégorie des machines de luxe.

Le Parlement a rejeté un projet de loi
établissant des catégories pour cet impôt,
mais nul ne doute qu'il finira par aboutir, et
ce sera justice.

SOCIÉTÉ DE SECOURS MUTUELS

A l'égard des accidents occasionnés par le sport vélocipédique, il y a lieu de considérer que ce genre d'exercices présente un risque qui doit être couvert par une *assurance spéciale* ou par un supplément de cotisation. Les membres participants ne seraient pas, sans cela, placés au regard de la société dans la situation d'égalité, qui est la base des associations mutuelles.

Le Ministre de l'Intérieur a décidé, le 22 août 1892, qu'il y avait lieu d'introduire dans les Statuts une modification portant que les accidents provenant d'exercices physiques non nécessités par la profession ne donneront pas droit aux secours sociaux, ou bien que les secours ne seront alloués que dans une certaine proportion et moyennant un versement spécial.

TABLE DES MATIÈRES